LES LIVRES ROSES POUR LA JEUNESSE

N° 357

LÉGENDES JAPONAISES

par

Henri PELLIER

LIBRAIRIE LAROUSSE, 13-17, rue Montparnasse, PARIS (6e)

LÉGENDES JAPONAISES

Préface

Les Japonais, sur qui dernièrement la plus épouvantable des catastrophes attirait à nouveau l'attention et la sympathie du monde entier, ne sont pas seulement un peuple patient et courageux. Ils ont aussi un goût très fin, et ont donné naissance à de nombreux artistes, peintres et littérateurs. Parmi les légendes et les récits qui ont été traduits, nous en avons choisi trois dans lesquels on retrouve la charmante fantaisie de nos contes de fées, [illegible] aussi un peu de la malice de nos anciens fabliaux. [illegible] certains que nos petits lecteurs prendront grand plaisir à ces trois histoires que nous avons spécialement adaptées pour eux, tout en respectant, dans ces amusantes légendes du Japon, ce qu'il y avait de meilleur dans leur invention et de plus charmant dans leur décor.

Pour paraître le 6 septembre 192[illegible]

N° 358. — **Obéron, le Roi des Elfes.**

LÉGENDES JAPONAISES

LES ENFANTS TOURMENTAIENT UNE PETITE TORTUE

LA TORTUE RECONNAISSANTE

C'était un adroit pêcheur que Taro, et c'était aussi le meilleur des hommes. Il était vertueux, n'avait jamais fait, ni souhaité de mal à personne. Il était, de plus, rempli de courage, et il lui en fallait pour aller pêcher par tous les temps, sans trop se soucier des vents dangereux, ni de la mer mauvaise.

C'est que Taro n'était pas seul dans la petite maison qu'il habitait non loin de la plage. Il avait encore son vieux père, trop âgé maintenant pour gagner sa vie. Il avait aussi trois petits enfants dont l'aîné n'avait pas encore sept ans, et qu'il fallait bien nourrir et élever. Quant à la femme de Taro, qui était aussi bonne et aussi courageuse que lui, elle n'avait pas trop de toute sa patience et de toute son activité pour vaquer aux travaux du ménage, soigner le vieux père et surveiller toute sa petite famille.

Aussi n'était-ce pas pour son plaisir que Taro allait à la pêche et s'appliquait à rapporter le plus de poisson possible. Car c'est en vendant ce poisson qu'il parvenait à subvenir aux dépenses nécessaires de la maison.

Ce jour-là, notre pêcheur suivait la plage, le visage plutôt sou cieux et triste. Il ne rapportait pas une pêche abondante dans ses filets, et il lui faudrait se lever matin le lendemain pour tâcher d'être plus heureux.

Comme il longeait un tas de sable dans lequel les enfants s'étaient amusés à construire de belles fortifications, Taro aperçoit des petits garçons, vivement intéressés autour d'un objet, à moitié enfoncé dans le sable, et qu'il ne distingue pas très bien. Il s'approche, et il constate que ces diables d'enfants étaient en train de tourmenter une petite tortue qu'ils avaient trouvée sur la plage.

Or, Taro n'était pas seulement bon et affectueux pour ses semblables, il n'admettait pas non plus qu'on brutalisât et que l'on fît souffrir les animaux.

Taro s'empresse donc d'intervenir et de demander aux petits garçons ce qu'ils sont en train de faire.

« Nous jouons, répond le plus petit.

— Et avec une tortue qui est à nous, ajoute un autre, car c'est moi qui l'ai trouvée.

— Ce n'est pas une raison parce que vous voulez vous amuser, et parce que cette tortue est à vous, déclare doucement le pêcheur, pour que vous lui fassiez du mal. Les animaux ont, comme nous, des muscles et des nerfs, et ils sont susceptibles de ressentir la douleur. C'est être méchant que de causer volontairement de la douleur, surtout sans nécessité, pour le seul plaisir ! »

Alors l'aîné des enfants se rebiffe et injurie Taro, et les autres gamins, enhardis, s'empressent de suivre son exemple.

Le pêcheur sentit bien qu'il n'aurait pas raison de ces garnements qui le nargueraient, lui jetteraient peut-être des pierres, en tout cas sauraient, en fuyant, se mettre hors de sa portée. Et, sûrement, ils se vengeraient sur le pauvre animal qu'ils étaient déjà en train de martyriser. Taro se résigne donc et s'éloigne, non sans jeter un dernier regard à la scène qui se déroule sur le sable, scène plutôt dramatique pour la petite tortue.

IL FALLAIT SE LEVER DÈS L'AUBE ET PRENDRE LA MER

Et celle-ci, comme si elle comprenait le combat qui se livre dans le cœur de Taro, tourne vers lui ses tout petits yeux noirs, d'un air si désolé et si suppliant que le pêcheur en est tout ému.

Et il revient sur ses pas.

Il a pensé que s'il ne pourrait rien obtenir de ces terribles enfants par la violence, peut-être pourrait-il employer avec plus de succès un autre moyen. S'il les tentait par l'offre d'une belle pièce de monnaie, avec laquelle il achèterait la tortue, et qui leur permettrait de se payer des gâteaux ?

Certes, Taro était pauvre. Il devait penser, non seulement à ce que pouvait représenter de bien-être pour lui, mais aussi pour sa petite famille, une belle pièce de monnaie.

Et pourtant, il l'offrit aux gamins, en échange de la tortue, dont il ne pouvait oublier les petits yeux noirs si expressifs et si pleins d'une tendre supplication.

Quand les malfaisants garçons se furent sauvés, ayant hâte de transformer en gâteaux l'argent reçu, Taro passa doucement sa main sur la carapace de la tortue qui remuait gentiment sa petite tête comme pour le remercier. Puis il la posa sur le sable et lui rendit sa liberté.

Il se hâta ensuite vers sa maison où l'attendait toute la famille, et où, malgré sa maigre pêche, il se montra d'une gaieté communicative, amusant par de joyeuses réflexions sa femme et son vieux père, et faisant sauter ses trois enfants sur ses genoux. Et, bien que la soupe fut semblable à celle des autres jours, jamais elle ne lui avait paru aussi délicieuse. Tant il est vrai que la conscience d'avoir accompli une bonne action rend heureux et ouvre l'appétit !

Le lendemain matin, la gaieté de Taro avait disparu. Il fallait se lever dès l'aube et prendre la mer, car il s'agissait de rapporter plus de poisson que la veille. Voilà notre pêcheur qui gagne le large et prépare ses filets sans souci de la fatigue, ni du froid qui pique pourtant à cette heure matinale.

Taro cherche à se donner du courage en pensant à sa femme, à son vieux père et à ses trois enfants. C'est pour eux tous qu'il est en train de se mettre à la besogne. Et il essaye de chanter. Mais sa voix lui paraît triste et fausse. Il se tait alors, en se donnant pour raison qu'il ne faut pas effrayer le poisson. Et, silencieux et attentif, il suit des yeux le mouvement des vagues qui sont comme les rides de la mer.

Tout à coup, un léger clapotement se produit dans l'eau et Taro entend qu'on l'appelle.

Il se retourne de tous côtés dans sa barque. Il ne voit personne Devant lui, des petites vagues se mettent à remuer drôlement, comme si elles dansaient en rond, et le pêcheur entend très distinctement prononcer son nom.

Cette fois, il aperçoit un objet qui sort de l'eau et reste à la

LE PÊCHEUR GRIMPA SUR LE DOS DE LA TORTUE

surface. C'est la petite tortue à qui il a, la veille, rendu la liberté.

Et la petite tortue parle !

Non seulement elle appelle Taro une troisième fois par son nom, mais elle lui dit :

« Tu m'as sauvée, hier, et je viens te remercier. »

Le pêcheur, dans son trouble et dans son désir d'être aimable, offre du tabac à la petite tortue, oubliant qu'au Japon, comme partout ailleurs, les tortues ne fument pas.

Il lui offre alors une tasse de saké : c'est une boisson très forte qu'apprécient les Japonais. Et, à la stupéfaction du pêcheur, la petite tortue accepte, prend la tasse, et avale d'un trait la boisson.

Puis elle demande à Taro :

« As-tu déjà visité le palais d'Otchimé, la déesse de l'Océan ?

— Jamais », répond le pêcheur.

Il aurait bien ajouté que n'ayant jamais aperçu, même de très loin, les murailles de ce palais, et n'ayant jamais rencontré de voyageur qui les ait découvertes, il ne croyait guère à l'existence de cette résidence merveilleuse.

Mais Taro était essentiellement bon.

Non seulement il n'admettait pas que l'on fît souffrir son prochain, — et, pour lui, une tortue qui parlait était une véritable personne — mais il n'osait même pas lui être désagréable en le contredisant.

« Viens avec moi, continue la petite tortue. Puisque tu n'as jamais vu le palais d'Otchimé, la déesse de l'Océan, je vais te le faire visiter.

— Je veux bien, consent Taro. Je vous suis dans ma barque.

— Nous n'arriverions jamais ! objecte en riant la petite tortue. Monte sur mon dos.

— Je ne pourrai jamais ! s'écrie Taro stupéfait de cette proposition. Vous êtes bien trop petite.

— Ne t'inquiète pas, je vais grossir ! »

La petite tortue n'a pas plutôt dit ces mots qu'elle grossit, en effet, à vue d'œil. Bientôt, elle devient aussi grosse que la barque du pêcheur. Ce dernier n'hésite pas alors à grimper sur son dos. Et les voilà partis !

Au bout de quelques heures, Taro croit bien apercevoir un grand monument.

« Quelles sont ces murailles ? demande-t-il.

— C'est le palais d'Otchimé, » répond la tortue.

Voilà qu'en approchant de ce palais, Taro constate que chaque grain de sable est une perle ! Et, sitôt qu'il peut en distinguer le portail, il s'aperçoit qu'il est en or massif et tout incrusté de pierreries.

Mais Taro vient de voir autre chose que de l'or et des perles. Tout près du portail, se tiennent deux énormes dragons qui en

IL SE TROUVE EN FACE D'UNE PORTE EN BOIS D'ACAJOU

gardent l'entrée. Et ces deux gardiens n'ont pas précisément une attitude rassurante. D'abord leur aspect est effrayant. Ils ont un corps de cheval, une tête et des griffes de lion, des ailes d'aigle et une queue de serpent. Et puis, ils ont l'air farouche et terrible.

« Jamais je ne franchirai un portail aussi sévèrement gardé, déclare le pêcheur d'une voix qui tremble un peu. J'aurais trop peur d'être écharpé !

— Tu n'as rien à craindre, affirme la tortue avec un rire rassurant. Du reste, attends-moi. Je vais annoncer ton arrivée pour que l'on vienne à ta rencontre. »

La tortue passe donc seule sous le grand portail sans que les deux dragons tentent de l'arrêter.

Elle revenait quelques minutes après. Mais, cette fois, elle n'était pas seule. Elle était accompagnée de poissons de toutes les formes et de toutes les grandeurs. Et tous portaient la livrée de la déesse de l'Océan, livrée couleur d'azur avec galons d'argent.

Ils n'ont pas plutôt aperçu le pêcheur qu'ils le saluent avec le plus profond respect.

Puis ils s'approchent de lui. Avec autant d'adresse que de respect, ils le dépouillent de son costume de pêcheur qu'ils remplacent par une magnifique robe de soie. Ils lui mettent aux pieds des pantoufles de velours. Et un page, le prenant doucement par la main, l'introduit dans le palais d'Otchimé, déesse de l'Océan.

Tout en s'appuyant sur une rampe d'ivoire, Taro monte un escalier de marbre, et se trouve en face d'une porte en bois d'acajou, sur laquelle scintillent de superbes émeraudes.

La porte s'ouvre d'elle-même.

Taro est dans l'appartement de la déesse de l'Océan.

C'est une salle immense dont le plafond, tout en corail, est soutenu par vingt colonnes en cristal. Les murs sont en marbre parsemé de rubis et de pierreries, et, du plafond, descendent de nombreuses lampes en vermeil.

Otchimé, la déesse de l'Océan, est assise sur un trône de diamants. Elle est richement parée, et d'une merveilleuse beauté. Et son sourire est plein de charme et de bonté.

Comme Taro, d'abord émerveillé, et maintenant très ému, allait se prosterner devant la déesse de l'Océan, celle-ci l'en empêche, lui prend les mains, et lui dit :

« Soyez le bienvenu dans mon palais, car vous avez sauvé la

vie à un de mes sujets préférés. Et cette bonne action vous donne droit à ma reconnaissance. »

Le pêcheur, en se voyant l'objet d'un accueil si flatteur, et de la part d'une si belle et si puissante déesse, ne sait quelle attitude prendre, et demeure muet et confus.

On le fait asseoir sur un coussin en soie parsemée de fils d'or et devant une table en ivoire sur laquelle sont rangés des plateaux de vermeil remplis des mets les plus appétissants. Après un repas exquis, le pêcheur est admis à visiter le palais tout entier.

Parmi les splendeurs qui s'offrent à lui, il en est une qui le frappe et le charme tout particulièrement. C'est le jardin.

Le jardin de la déesse Otchimé était partagé en quatre parterres immenses, chacun représentant l'une des quatre saisons de l'année.

A l'Est, c'est le Printemps. Taro se promène sur un verdoyant gazon et de tous côtés s'élèvent des pruniers et des cerisiers en fleurs. Au-dessus de sa tête les alouettes se poursuivent en poussant des cris joyeux, et des rossignols font entendre leurs chants les plus mélodieux.

Taro était encore sous le charme de ce décor si frais et si harmonieux, quand il se sent entraîné vers le parterre du Sud. Là, c'est l'Eté. Les pommiers et les poiriers tendent leurs branches chargées de fruits succulents. Et les cigales, grisées par la grande chaleur, font un tapage amusant qui se transforme par instants en un véritable concert. Un doux zéphyr empêche qu'on ne souffre des rayons d'un soleil radieux.

Avant que Taro n'ait été fatigué par le bruit des cigales et par la splendeur du décor, il est emporté vers un parterre plus reposant, situé à l'Ouest. C'est le parterre de l'Automne. Là, le silence est impressionnant et les yeux charmés se posent — et se reposent — sur des bouquets de chrysanthèmes et sur des feuilles d'un jaune d'or.

Enfin, plus au Nord, c'était le parterre de l'Hiver où s'étendait à perte de vue un doux tapis de neige entourant un brillant étang de glace.

Naturellement, dans chacun de ces parterres, on pouvait se

livrer aux plaisirs de la saison correspondante. A la promenade, au milieu des fleurs et des chants des oiseaux, succédaient les joies de la pêche, puis de la chasse, et les courses sur la glace, en patins, ou dans des traîneaux.

Taro passa dans ce palais sept jours qui furent, pour lui, un perpétuel enchantement. Il était si ébloui par toutes ces merveilles, qu'il en avait oublié son village, sa femme, son vieux père, ses petits enfants, sa barque et ses filets.

Pourtant, parfois, une vision venait le troubler et lui causer des regrets qui avaient bientôt l'acuité d'un remords.

Il apercevait, comme dans un rêve, sa femme tout en larmes le guettant sur le pas de sa porte ; puis il croyait entendre la voix un peu chevrotante de son vieux père qui lui reprochait sa longue absence ; enfin, il voyait ses trois petits enfants qui lui tendaient les bras, le suppliant de les faire encore sauter sur ses genoux.

Ces images se présentèrent avec tant d'insistance à la mémoire de Taro, qu'il finit par prendre une décision qui, plusieurs fois déjà, s'était agitée dans son esprit.

Il demanda à quitter le palais d'Otchimé, et à regagner son village et sa maison.

Quand la déesse de l'Océan comprit que la volonté de Taro était bien arrêtée, elle ne chercha pas à le retenir. Seulement, au moment de son départ, elle lui remit une petite boîte tout en laque, dont un côté était recouvert d'un joli miroir, si puissant, que l'on s'y voyait en grandeur naturelle. Et la belle Otchimé dit au pêcheur :

« Emportez cette boîte comme souvenir de moi. Mais n'oubliez jamais qu'il vous est formellement interdit de l'ouvrir. Sans quoi, vous seriez un homme mort. »

Taro promit qu'il n'ouvrirait jamais la petite boîte en laque et qu'il la conserverait précieusement comme souvenir d'un séjour qui ne lui laissait que de douces et merveilleuses impressions.

Et il remonta sur le dos de la tortue qui le ramena sans encombre jusqu'au rivage, où elle le laissa, encore ébloui de tout ce qu'il venait de voir, mais déjà heureux de retrouver son village, et bientôt sa chère famille.

Taro n'a pas fait cent pas qu'il se frotte les yeux et regarde autour de lui avec la plus grande attention.

Est-ce que, d'avoir admiré tant de merveilles au palais de la déesse de l'Océan, cela lui aurait troublé la vue ?

IL NE RECONNAÎT AUCUN DE CEUX QU'IL RENCONTRE

Il trouve son village tout changé. Sûrement ces longues rangées d'arbres n'existaient pas lors de son départ. Ni ces maisons coquettes, et dont l'architecture lui paraît un peu étrange. C'est bien pourtant la route que le pêcheur a si souvent suivie quand il allait de sa barque à sa maison.

Mais sa maison elle-même, dans quel état il la retrouve ! Elle forme un bien piteux contraste avec les belles habitations qui, maintenant, l'entourent. Elle paraît toute misérable et elle tombe en ruine !

Taro franchit rapidement les deux marches en bois, qui lu paraissent toutes branlantes et vermoulues. Il pousse la porte. Le voilà chez lui.

Il s'avance vers le fauteuil où se tenait habituellement son vieux père, s'attendant à de vifs reproches pour s'être absenté pendant toute une semaine. Son vieux père n'est plus là. Il appelle sa femme. Elle ne répond pas. Il cherche de tous côtés ses enfants. Sur les trois, il y en aura bien un qui s'élancera vers lui pour se jeter dans ses bras. Pas un enfant n'accourt.

Taro s'élance hors de sa maison.

Il voit des gens qui passent et les regarde de tout près. Mais il a beau les dévisager, il n'en reconnaît aucun. Non seulement leur visage est, pour lui, tout nouveau, mais leur costume également lui paraît étrange. Ce ne sont plus ses bons voisins qui avaient toujours, en le voyant, un mot aimable ou un propos joyeux à la bouche. On dirait des étrangers.

Enfin Taro avise un vieillard qui semble, lui aussi, très intrigué de sa présence. Et il lui demande :

« Pourriez-vous me dire où sont mon père, ma femme et mes enfants ? Voilà huit jours que j'ai quitté ma maison et je la retrouve presque en ruine, et vide !

— Qui êtes-vous donc ? interroge à son tour le vieillard en dévisageant le nouveau venu.

— Mais je suis Taro, le pêcheur.

— Vous voulez dire que vous êtes son fantôme, » reprend le vieillard en souriant.

Puis, se frappant le front, le vieux ajoute.

« Taro, le pêcheur. Ce nom ne m'est pas inconnu. J'ai bien entendu parler le soir, aux veillées, de Taro le pêcheur qui était parti un matin sur sa barque, avec ses filets, et qu'on n'avait jamais revu, bien que la mer, le jour de son départ, ait été particulièrement calme et favorable.

« Seulement, il y a de cela un peu plus de sept cents ans... »

Sept cents ans ! Taro demeure comme anéanti. Puis, tout à coup, il comprend. Il vient de passer au palais merveilleux de la déesse de l'Océan sept cents ans qui ne lui ont pas semblé plus longs que sept journées.

DES PÊCHEURS TROUVÈRENT SUR LE RIVAGE LE CORPS D'UN HOMME

Et, tout pensif, le pêcheur regagne le rivage où il s'abandonne à sa douleur et à ses tristes pensées. Il revoit son vieux père qui l'accueillait toujours avec un si bon sourire ; et sa chère femme qui se multipliait avec une si ardente activité aux soins du ménage ; et ses trois petits enfants qui emplissaient la maison, maintenant abandonnée, de leurs rires et de leurs cris joyeux. Que sont-ils tous devenus après son absence, et qu'ont-ils dû penser de lui ?

Taro cherche des yeux la tortue. Elle a disparu !

Alors il tire de sa poche la petite boîte en laque, souvenir de son merveilleux et si long séjour au palais de la belle Otchimé. Sur le miroir qui est encastré dans l'un des côtés de la boîte, il peut se contempler en grandeur naturelle et sans qu'aucun détail de son visage ne lui échappe. Et il se voit toujours jeune, tel qu'il était le jour où il avait quitté pour la dernière fois le rivage, avec sa barque et ses filets. Lui seul n'a pas changé. Et il y a de cela sept cents ans !

Tout en considérant la petite boîte en laque, Taro se demande ce qu'elle peut bien contenir. Sans doute, la déesse de l'Océan lui a bien recommandé de ne jamais ouvrir cette boîte, sous peine de mort. Mais cette menace terrible n'était probablement pas sérieuse. C'était pour l'éprouver. Or Taro se vante d'être courageux, de ne pas avoir peur. Et puis, un autre sentiment le pousse, qu'il ne s'avoue pas : la curiosité.

Que peut donc renfermer cette boîte mystérieuse ?

Taro, n'y tenant plus, entr'ouvre doucement la boîte.

Et voilà qu'il en sort un nuage qui l'enveloppe. Puis ce nuage se dissipe peu à peu, et Taro, se voyant à nouveau dans le petit miroir qui se trouve sur la boite, s'aperçoit que ses cheveux sont devenus plus blancs que la neige, que son front s'est couvert de nombreuses rides, et que ses membres se dessèchent à vue d'œil. C'est la prédiction de la déesse de l'Océan qui s'accomplit. C'est la mort qui vient !

Dans sa détresse, Taro le pêcheur appelle une dernière fois la petite tortue qui vient et lui dit :

« Tu as désobéi à la déesse de l'Océan. Aucune puissance ne pourrait t'empêcher de mourir. Mais tu n'as pas à te plaindre : tu as vécu sept cents ans...

— Qui m'ont paru une semaine ! » avoue Taro.

Et il ajoute tristement :

« Je n'en meurs pas moins, et dans la désolation. Je suis désespéré de ne pas avoir revu ma famille.

— Comme tu as été bon pour moi, dit la petite tortue, je vais t'apprendre ce que sont devenus les tiens après ton départ. Par les soins de la déesse de l'Océan, on leur a fait aussitôt parvenir de ta part, de l'argent, beaucoup d'argent. Je puis d'autant mieux t'en parler, que c'est moi qui fus chargée de cet agréable message. A plusieurs reprises, j'ai eu l'occasion de passer devant ta maison et je puis t'affirmer que tous les tiens eurent une vieillesse longue et heureuse et qu'ils sont morts en te bénissant, croyant bien que tu n'avais jamais cessé de penser à eux. »

Et, à son tour, Taro mourut heureux.

Le lendemain, des pêcheurs trouvèrent sur le rivage le corps d'un homme qui avait vécu sept cents ans. Il avait des cheveux d'une blancheur étonnante et des rides comme jamais visage humain n'en avait amassé. Mais un bon sourire rayonnait au milieu de ces rides et sous ces cheveux blancs. C'était comme dans le jardin de la déesse de l'Océan, où, tout près d'un froid paysage d'hiver, on pouvait contempler la riante floraison du printemps.

LA PETITE VOLEUSE

Il y avait alors dans la jolie ville de Tokio beaucoup de petites filles aimables et gracieuses, mais aucune n'était aussi agréable à voir et à entendre que Mlle Aki. Elle avait des yeux noirs, très expressifs, une bouche comme une cerise, un petit nez ravissant, et des beaux cheveux, toujours bien peignés, qui entouraient le plus frais des visages.

Aki venait d'avoir quinze ans. Malheureusement, elle avait été beaucoup trop gâtée et ses qualités ne correspondaient pas au charme de sa figure et à l'agrément de toute sa petite personne. Elle avait même très peu de qualités. Par contre, elle possédait de terribles défauts. Elle était vaniteuse, capricieuse et méchante. Elle était surtout... voleuse !

Oui, l'une des plus grandes joies de Mlle Aki était de dérober ce qui ne lui appartenait pas, et elle commettait une foule de petits larcins, et avec une si étonnante habileté, une si audacieuse malice, qu'on ne pouvait jamais la prendre.

Un matin, Aki ayant à son bras un panier rempli de poissons, et, abusant de la trop grande liberté qu'on lui laissait d'aller et venir à sa fantaisie, s'en va par les rues de Tokio. Elle arrive bientôt devant la riche demeure du ministre Sanjo.

Sans aucune hésitation, Aki traverse la cour de cette belle demeure, comme si elle était de la maison, et se rend directement à la cuisine. On était justement en train de préparer le déjeuner.

Aki va droit à la cuisinière, et lui dit de sa jolie petite voix qui donnait envie de l'entendre et de lui être agréable :

« Je suis la fille de M. Takeyoshi, le marchand de soieries qui habite rue de Hongo... »

Il n'y avait rien de vrai dans cette déclaration.

« Votre maître, le ministre, continue Aki sans se troubler, a rendu service à mon père qui m'a chargée de lui apporter ce panier de poissons. »

La cuisinière s'empresse d'aller porter à son maître la bonne nouvelle et les poissons.

Le ministre Sanjo s'étonne :

« Je ne connais pas, dit-il, de marchand de soieries du nom de Takeyoshi, et qui demeure rue de Hongo. Cette petite doit se tromper. Reporte-lui son panier. »

Quand la cuisinière vient annoncer à la mignonne commissionnaire la réponse du ministre, Aki paraît d'abord très étonnée. Puis elle dit, le plus naturellement du monde :

« J'ai peut-être mal entendu les recommandations de mon père. Je vais aller lui demander des précisions. Voulez-vous me permettre de laisser ici mon panier ?

— Très volontiers, » consent la cuisinière.

Et voilà partie Aki, légère comme un oiseau, et sans son panier. La petite rusée se garde bien de retourner chez elle, comme elle l'avait annoncé.

Elle s'arrête devant le magasin d'un horloger, entre délibérément et dit au patron qui la reçoit lui-même :

« Je viens de la part de Mme Sanjo, la femme du ministre,

qui voudrait choisir une belle montre en or. Seulement, comme ma maîtresse est aujourd'hui très fatiguée, et qu'elle ne peut se rendre chez vous, elle vous prie d'envoyer un apprenti avec quelques jolies montres, parmi lesquelles elle pourra faire son choix.

ELLE RETROUVE L'HORLOGER QUI L'ATTENDAIT

— Qu'à cela ne tienne, s'écrie l'horloger joyeux, je vais y aller moi-même.

— Ce sera encore bien mieux, » affirme gentiment Aki.

L'horloger a bientôt fait de choisir douze de ses plus belles montres en or. Il les range dans une boîte, entoure la boîte d'un foulard, et s'empresse de suivre celle qui est venue le chercher.

Les voilà bientôt tous deux dans la cour de l'hôtel du ministre. Aki, sans s'émouvoir, dit à l'horloger :

« Comme ma maîtresse est couchée, elle ne peut vous recevoir,

Si vous le voulez bien, je vais lui porter les montres. J'en ai pour quelques minutes. Attendez-moi ici. »

L'horloger n'ayant aucune raison de se méfier confie aussitôt ses montres à Aki et celle-ci, tout en traversant la cour, a bientôt fait de les cacher dans sa longue manche.

Aki se rend directement à la cuisine.

« Vous aviez raison, annonce-t-elle à la cuisinière. J'avais mal compris ce que m'avait dit mon père. Je me suis trompée. Ce n'est pas ici que je devais venir. »

Et elle reprend son panier de poissons, non sans s'être poliment excusée pour tout le dérangement qu'elle cause.

Elle retrouve, dans la cour, l'horloger qui l'attendait et elle lui annonce avec son plus gracieux sourire :

« Madame est en train d'examiner les montres. D'ici quelques minutes, elle va vous faire appeler. Excusez-moi. Il faut que je porte, au plus vite, ces poissons à une amie de Madame. »

Et Aki s'éloigne en trottinant.

L'horloger qui la voit sortir un panier de poissons sous le bras, alors qu'elle était entrée les mains vides, ne doute pas un instant qu'il a bien affaire à l'une des domestiques de Mme Sanjo.

Et il attend cinq minutes que celle-ci eût examiné ses montres ! Il attend un quart d'heure. Il attend une demi-heure. Après quoi, commençant à s'impatienter, il se rend à son tour à la cuisine et demande :

« Eh bien ! Madame a-t-elle fait son choix ?

— Quel choix ? questionne la cuisinière sans toutefois cesser de préparer sa sauce.

— Mais, son choix parmi les montres...

— Quelles montres ? demande la cuisinière qui commence à s'énerver.

— Les montres que j'ai confiées à la petite jeune fille, explique l'horloger en élevant la voix.

— Quelle jeune fille ?

— Mais la jeune fille qui sort d'ici avec un panier, répond l'horloger en secouant la cuisinière par le bras...

— Ne me touchez pas, et surtout, ne me secouez pas ! proteste a cuisinière, toute rouge d'indignation. Vous voyez bien que je suis en train de confectionner une sauce. Vous allez me la faire rater ! »

Puis, comme l'horloger s'est reculé, attentif et obéissant, la cuisinière ajoute, calmée :

ELLE REPORTE CHEZ L'HORLOGER LES MONTRES VOLÉES

« Mais, mon brave homme, la jeune fille dont vous parlez n'a jamais été employée à la maison, ni au service de Madame. C'est une petite qui avait apporté ici un panier de poissons. Elle se trompait d'adresse. Elle est venue reprendre son panier et est partie avec...

— Et mes montres ? s'écrie l'horloger, à la fois ahuri et furieux.

— Vos montres ! répond la cuisinière en haussant les épaules. Eh bien ! vous pouvez courir après, et même leur dire adieu !

— Mais cette petite est une voleuse ! dit l'horloger.

— Ça se pourrait bien, reconnaît sans s'émouvoir la cuisinière. C'est même infiniment probable. Mais ça ne me regarde pas. J'ai d'autres choses à penser. Voici l'heure du déjeuner. Encore heureux que toute cette histoire de poissons, de montres et de panier ne m'ait pas fait rater ma sauce !... »

L'horloger est déjà loin. Il est allé porter plainte à la police qui s'agita, remua tout dans le quartier et ne retrouva ni les montres, ni la petite voleuse.

Pendant ce temps, Aki était, en faisant d'adroits détours, rentrée à sa maison bien tranquille.

Tranquille n'est pas le mot. En effet, enfermée dans sa chambre, Aki est très agitée, et même un peu tremblante. Est-ce parce que le vol qu'elle vient de commettre est plus important que les petits larcins précédents ?

Est-ce parce que, cette fois, il s'agit de montres ?

Aki n'en mène pas large. Justement, elle vient de placer tout contre son oreille l'une des belles montres en or pour s'assurer si elle marche bien. Or, non seulement elle entend battre le cœur de la montre, mais il lui semble bien que ce tic tac, tic tac, se change peu à peu en une petite voix qui dit :

« Aki, Aki, tu as volé ! »

Elle prend une autre montre en or, la met à son oreille. Et, cette fois, elle entend très distinctement :

« Aki, Aki, tu as volé ! »

Bientôt, ce n'est plus une montre, ni deux, qui lancent ce reproche à la petite voleuse, ce sont les douze montres à la fois, et, comme elles marchent bien ensemble, la voix qui parle à la conscience d'Aki devient si forte, et si impérieuse, que la petite, prenant les montres, court les reporter chez l'horloger, tout en larmes, et en avouant sa faute, jurant bien de ne plus recommencer.

L'horloger était un brave homme, et le repentir de la pauvre petite Aki paraissait si sincère qu'il lui promit de ne pas la dénoncer, et même de ne parler de sa vilaine action à personne. Et il tint parole.

Aki, aussi, tint sa promesse. Plus jamais, dans la suite, elle ne commit le plus petit larcin. Elle aurait eu trop peur d'entendre, à son oreille, toutes les montres et toutes les horloges de Tokio lui crier : « Aki, Aki, tu as volé ! »

VENGEANCE DE CHÈVRE

Une chèvre qui saute bien, qui grimpe audacieusement le long des sentiers les plus abrupts, qui, même sur les rochers les plus à pic, ne craint pas de se livrer aux plus folles gambades, cela se voit encore assez souvent.

Ce qui est plus rare, c'est une chèvre qui ajoute, à ces aimables talents, des qualités plus solides comme la prudence, la finesse, et l'énergie. Telle était la chèvre Yagisan qui, non seulement n'avait pas sa pareille pour franchir les fossés, se glisser au milieu des broussailles les plus épaisses, ou escalader les plus durs raidillons, mais qui, de plus, pour échapper aux animaux carnassiers, connaissait tous les tours, et en inventait au besoin.

C'est ainsi qu'un grand diable de loup, qui rôdait non loin de la colline où la chèvre Yagisan avait bâti sa cabane, avait eu beau la suivre et la guetter, jamais il n'était parvenu à mettre la patte dessus. Toujours Yagisan lui échappait au bon moment, soit en se faufilant à travers les buissons, soit en franchissant un fossé, ou encore en prenant des sentiers à pic. Et, une fois à distance respectueuse du loup, la malicieuse chèvre, avait une façon si drôle de le regarder de ses yeux aux reflets dorés, et de remuer les babines au-dessus de sa longue barbiche, comme si elle riait et se moquait, que le loup entrait dans des rages folles.

Ce qui augmentait encore la fureur du loup, c'est que Yagisan savait éventer tous ses pièges, même ceux qu'il essayait de tendre à ses huit petits chevreaux. Car la brave chèvre avait huit jolis chevreaux, qu'elle adorait, choyait, et aussi protégeait contre tous les dangers qui auraient pu menacer leur inexpérience.

Ainsi, ce matin-là, comme Yagisan était obligée de se rendre au village voisin pour renouveler ses provisions, elle fit, comme toujours, avant de s'en aller, les plus sages recommandations à ses huit petits chevreaux.

« Surtout, leur dit-elle, que pas un de vous ne sorte. Sans quoi il serait infailliblement dévoré par le grand loup qui rôde aux environs. Restez tous dans la cabane. Jouez gentiment et soyez sages. Et n'ouvrez à personne. Je ne serai pas longtemps partie, et je vous rapporterai des bonbons. »

Et Yagisan prit, en trottinant légèrement, le chemin qui menait au village.

Caché au coin d'un bois, le loup vit bien passer la chèvre Yagisan, et il eut bien envie de courir après. Mais il réfléchit, car c'était un loup qui, lui aussi, connaissait et pratiquait plus d'un tour.

Il se dit que s'il poursuivait Yagisan, celle-ci trouverait sûrement le moyen de lui échapper, et que, non seulement il perdrait son temps, mais encore qu'il devrait subir le regard malin de la chèvre qui le reluquerait de ses yeux ronds aux reflets dorés, et en remuant ses babines au-dessus de sa longue barbiche, comme si elle riait de lui. Or, cette vision le mettrait en colère pour toute la journée.

Et puis, une autre idée germa dans la cervelle du loup.

Il pensa aux huit chevreaux qui étaient restés tout seuls dans la cabane. En voilà qui seraient plus faciles à attraper que la chèvre Yagisan. Et leur chair serait autrement savoureuse et tendre. Sans compter, qu'outre un repas de prince, le loup aurait, en plus, la satisfaction de jouer le plus cruel et le meilleur des tours à la chèvre Yagisan qui s'était assez souvent moquée de lui.

Après un prudent détour, le loup, suivant son idée, et tout guilleret en pensant au fameux déjeuner qu'il allait s'offrir, arrive à la cabane où il comptait bien dénicher sans mal les huit petits chevreaux.

Mais il trouve la porte fermée ; et elle était solide.

Tout doucement, le loup fait le tour de la cabane. Nulle part il ne découvre le moyen de se glisser. Seulement, par une fente, il peut voir ce qui se passe à l'intérieur de la cabane. Il aperçoit les huit petits chevreaux en train de se livrer à une partie de saute-mouton. Et à chaque chevreau qui passe en sautillant et

IL TROUVE LA PORTE FERMÉE

gambadant non loin de son museau, le loup songe au bon petit plat que cela ferait. Il y avait ainsi huit bons plats à avaler. Quelle fête et quel festin !

Le loup, ne voulant pas manquer une si belle occasion, se dit, puisqu'il ne peut agir par force, qu'il lui reste à employer la ruse.

Il frappe à la porte de la cabane du bout de la patte, et le plus doucement possible.

Les huit chevreaux, qui avaient l'oreille fine, ont bien entendu. Ils interrompent leur partie de saute-mouton, et se rapprochent de la porte, sans faire de bruit.

« Qui va là ? demande l'aîné des chevreaux.

— C'est moi, répond le loup. Je suis votre tante et je vous apporte des bonbons. »

Le plus petit des chevreaux qui était craintif et très obéissant, dit en remuant gravement la tête :

« Il ne faut pas ouvrir. Maman nous l'a bien défendu.

— Ouvrez à votre tante qui vous apporte des bonbons, » reprend la voix, du dehors.

Alors un des chevreaux, grimpant sur une chaise pour mieux se faire entendre, déclare :

« Notre tante n'a pas une aussi grosse voix. »

Et l'aîné ajoute, au milieu des rires :

« Nous n'ouvrons pas à notre tante ! »

Puis les huit chevreaux, après avoir exécuté chacun une amusante gambade, se remettent à jouer.

Le loup, qui a tout entendu, regrette bien de n'avoir pas pris une voix plus douce.

Et il s'empresse de courir chez le pharmacien.

« Je suis invité à une fête, explique le loup au pharmacien, et je voudrais bien intriguer mes amis en contrefaisant ma voix. Vous ne pourriez pas me procurer un médicament qui me rendrait la voix plus douce, et même un peu chevrotante ?

— C'est facile, dit le pharmacien en remettant une petite fiole au loup. Vous n'aurez qu'à avaler cette drogue. »

Le loup avale la médecine. Et il court d'autant plus vite jusqu'à la cabane où étaient enfermés les huit chevreaux, que la drogue lui a creusé l'estomac et lui a doublement donné une faim de loup.

Arrivé près de la cabane, le loup regarde à travers la fente, et voit encore les chevreaux qui, cette fois, jouaient à colin-maillard, et qui, en se sauvant, passent si près de son museau que jamais ils ne lui avaient paru si appétissants.

Le loup frappe à la porte.

Aussitôt le chevreau qui avait les yeux bandés retire son bandeau, et l'aîné demande :

« Qui va là ? »

Une voix, très douce et même un peu chevrotante, répond aussitôt :

« C'est moi, votre grand'mère. Je vous apporte des feuilles de chou. »

Le plus petit des chevreaux recommande aux autres :

« Il ne faut pas ouvrir. Maman l'a bien défendu.

— C'est votre grand'mère, » reprend, du dehors, la voix encore plus douce et plus chevrotante.

Alors, un des chevreaux approchant sa petite tête de la porte, regarde par une fente et dit :

« Ce n'est pas notre grand'mère. Notre grand'mère a les pieds plus blancs que la neige, et celui qui nous parle a les pieds noirs comme du charbon ! »

Et l'aîné ajoute, au milieu des rires :

« Nous n'ouvrons pas à notre grand'mère ! »

Puis les huit chevreaux, après avoir exécuté chacun une nouvelle gambade, se remettent à jouer.

Le loup, qui a tout entendu, regrette bien de n'avoir pas songé qu'à travers une fente de la porte, on pourrait apercevoir ses pattes.

Et il court jusque chez le teinturier à qui il dit :

« Je suis invité à une cérémonie et je voudrais bien y montrer patte blanche.

— C'est facile, » répond le teinturier.

Et il teint si bien les pieds du loup qu'on les aurait confondus avec de la neige.

Arrivé près de la cabane, le loup regarde à travers la fente et voit les huit chevreaux qui, après avoir joué, se reposaient, couchés par terre. Et ainsi rangés en rond, ils avaient tout à fait l'air d'être préparés pour le festin. Le loup en avait l'eau qui lui venait à la bouche !

Il frappe à la porte.

Soulevant sa tête, l'aîné demande :

« Qui va là ?

— C'est moi, votre maman, répond, du dehors, une voix douce

et chevrotante. Je reviens du village et je vous apporte des bonbons. »

Et le plus petit des chevreaux est lui-même convaincu que c'est bien sa maman. Non seulement c'est sa voix, mais, par la fente de la porte, il aperçoit ses pieds plus blancs que la neige.

« Cette fois, dit-il, on peut ouvrir. »

C'était déjà fait, car l'aîné des chevreaux avait bien cru, lui aussi, reconnaître sa maman...

Et c'est le grand diable de loup qui entre, et qui ne fait qu'une bouchée de l'aîné. Puis il en avale un autre, puis encore un autre. Et tous y passèrent, tous les malheureux chevreaux, sauf un, le plus petit, qui avait eu le temps de se faufiler derrière un paravent, où il se tint bien caché, et d'où il vit le loup dévorer ses sept frères !

Le loup, rassasié, retourne vers son bois.

Et voilà qu'arrive la chèvre Yagisan.

En voyant ouverte la porte de la cabane, Yagisan s'y précipite, anxieuse, et frappée d'un terrible pressentiment. C'est bien cela, ses chevreaux ont disparu !

Non, pas tous. Voilà que le plus petit, sortant de sa cachette, s'approche tout tremblant de sa maman et lui raconte ce qu'il a vu.

Le loup a mangé tous ses frères !

Yagisan, nous l'avons dit, était une chèvre énergique.

Sa première pensée est de se venger du loup. Et elle s'empresse de la mettre à exécution.

Elle s'élance vers le bois, parcourt les sentiers, tourne autour des buissons, et finit par découvrir le loup, dissimulé dans un épais tailli où il se croyait bien tranquille pour achever sa digestion.

Après un tel festin, quoi de mieux qu'un doux repos ?

Et notre loup dormait, rêvait peut-être, en tout cas, ronflait.

Yagisan ne perd pas de temps. Elle s'approche du loup et lui frotte délicatement la peau du ventre au moyen d'une certaine herbe dont elle connaissait bien le merveilleux et terrible effet.

Et voilà que, peu à peu, la peau du ventre s'ouvre sans que pour cela le loup se réveille.

Et Yagisan peut voir ses sept petits chevreaux bien rangés, tassés l'un près de l'autre, comme des oiseaux dans leur nid. Mais, elle ne se trompe pas. Ils sont vivants ! Le loup les avait successivement avalés avec une telle gloutonnerie qu'il n'avait

LE TEINTURIER TEINT EN BLANC LES PIEDS DU LOUP

fait de chacun qu'une bouchée, les engloutissant dans sa gorge, sans les croquer.

Les sept petits chevreaux se sont déjà jetés au cou de leur mère. Mais ce n'est pas le moment des longues effusions.

Cela ne suffit pas à la chèvre Yagisan d'avoir retrouvé et sauvé ses petits. Il lui faut encore se venger du loup, et lui infliger une punition terrible.

Yagisan, recommandant à ses chevreaux d'agir le plus vite et le plus silencieusement possible, leur ordonne d'apporter chacun une grosse pierre. Et elle range les sept pierres dans le ventre du loup, exactement à la même place qu'occupaient les chevreaux. Ceci fait, Yagisan frotte à nouveau la peau du loup qui dort et ronfle toujours. Elle lui frotte le ventre avec la même herbe que tout à l'heure, mais d'une tout autre façon.

Et la peau du loup se trouve recousue comme par miracle, avant qu'il ne se réveille.

Il se réveille enfin, étire ses pattes, bâille, puis se décide à se lever et à sortir de son taillis.

Mais le loup ne court pas aussi lestement que d'habitude. Il se sent le ventre lourd. Et sa digestion lui paraît plutôt laborieuse et pénible, ce qui ne lui arrivait presque jamais.

Bien mieux, il est taquiné par une soif brûlante.

Il gagne l'étang qui se trouvait dans le bois. Il s'approche hâtivement de l'eau et se penche pour boire. Mais voilà que les sept pierres qu'il portait dans son ventre roulent, l'une après l'autre, jusqu'à son gosier. Et le loup, entraîné par ce poids inaccoutumé se penche malgré lui de plus en plus, et tombe dans l'étang.

La chèvre et ses chevreaux, en voyant le loup en train de se noyer, ont retrouvé leur gaîté et se mettent à danser et à chanter, cependant que le grand diable de loup s'enfonce et disparaît dans l'étang d'où plus jamais il n'est ressorti !

FIN

LISTE DES VOLUMES EN VENTE

Série en noir (*30 centimes le volume*)

3. — Voyage de Gulliver à Lilliput.
5. — Histoire d'Aladin.
6. — Gulliver chez les Géants.
7. — Sindbad le Marin.
8. — Histoires d'animaux.
9. — Contes d'Afrique.
18. — La Petite Blanche-Neige.
19. — Au pays des Merveilles.
20. — Le Tailleur fou et le Calife Cigogne.
24. — La Sirène ou le Palais sous la mer.
31. — Alice au pays des Merveilles.
36. — Le Tapis enchanté.
40. — Aventures du vieux Frère Lapin.
70. — Histoire d'une Tortue.
98. — Le Voyage merveilleux de François.
100. — Au Pays des Jouets.
101. — Histoire de Hassan le cordier.
102. — Aventures d'Œil-Vif.
103. — Contes de la Marche.
112. — L'Arbre de joie.
114. — Fantasio, le joueur de violon.
115. — Contes de Bourgogne.
116. — Le Joueur de flûte de Hamelin.
118. — Le Pays de Paresse.
122. — L'Orgueil de la Princesse Olga.
123. — Contes de la Forêt Noire.
125. — Contes d'autrefois.
133. — Contes des Vosges.
136. — La Poupée magique.
138. — Le Cheval enchanté.
141. — Histoire de Poucinet.
142. — Rip.
218. Guynemer.
226. — La Tirelire merveilleuse.
235. — Vers les rives du Congo.
252. — Premières Armes du chevalier Bayard.
253. — La Dentellière de Bruges.
254. — Les Débuts d'un grand Inventeur.
255. — Bob, le petit Ecossais.
256. — Oulo, le petit Canaque.
257. — Le Dormeur éveillé.
258. La Ville aux cent Pagodes.
259. — Les Petits Écoliers alsaciens.
260 — En l'An 1950.
261. — Le Roi des Corsaires.
262. Mésaventures de deux petits diables.
263. — Comment on fait son avenir.
264. — Dans les prairies du Canada.

Série en couleurs (*30 centimes le volume*)

265. — Un Brave enfant.
266. — Contes du Périgord.
267. — Les Aventures de Kiki.
268. — Les douze francs de Richard.
269. — Chants français (1er vol.).
270. — La Force des Petits.
271. — Les Vacances aux Pyrénées.
272. — Le Courage du petit Jean.
281. — La Vocation du petit Benjamin.
283 — La Conquête de l'air.
285. — Au Pays des Amazones.
287. — Chants français (2e vol.).
288. — Un Petit Français au pôle sud.
289 — Aventures merveilles de Polichinelle.
290 — Le Petit Ecrivain.
291 — Contes du Maroc.
292. — Un jeune Limousin en Afrique occidentale.
293. — La Gloire du petit Potier.
294. — Le Voyage de deux petits Parisiens.
295. Le Petit Musicien.
296. — L'Invincible Gayant
297. — Un futur Astronome.
298. L'Automobile du petit Pierre.
299. — Les Voleurs volés.
300 Molière et Cyrano
301 — Deux jeunes Aviateurs
302. — Les Filets bleus.
303 — Un grand Explorateur.
304. — Les Deux Routes.
305 — Une Fee dans une marmite.
306 — Conte d'Alsace.
307 — La Première Bicyclette.
308 — Conte de l'Artois
309 — Aux pays des Perroquets
310 — Aventures d'un jeune savant.
311 — Le Bon remède
312. — Un jeune ecolier en Indochine.
313. — Les Joyeux Comédiens.
314. — La Bonne Vengeance.
315. — Le Petit Champion des courses.
316 — En Alsace
317. — La Tour du Prisonnier.
318. — Chants français (3e vol.).
319 — Les Vacances au Pérou
320. — Le Savant petit Pâtre.
321 — Une Famille normande au Canada.
322 — Le petit Magicien.
323 — De Marseille aux Pyramides
324. — Le Petit Mineur
325 — Les Mystères de l'Egypte.
326. — Jean-Bart
327. — Mémoires d'un Loup
328. — Aventures d'un petit Tahitien
329. — Un Glorieux manchot.
330. — La promesse de Carlo
331 — La Tour d'Auvergne.
332. — Aventures d'un Crabe.
333 — Les bons Petits Lutins.
334 — Le Petit Cuisinier.
335. — Contes de Bretagne
336. — Un Voyage en rêve
337. — Au Pays des Diamants.
338. — Un Enfant de Génie.
339. — Un Petit nègre au Klondike.
340. — Le Petit magicien.
341. — Nouveaux contes de Noël.
342. — L'Ami des enfants.
343. — Une famille française en Mongolie.
344. — Les Jeux olympiques.
345. — Aventures d'un jeune peintre.
346. — Deux Enfants à Madagascar.
347. — Les Jeux olympiques (2e vol.).
348. — La Mystérieuse aventure de Walter Taf
349. — Deux petits Colons.
350. — Les Légendes de la Mer.
351. — A Travers le Far-West.
352. — Contes préhistoriques
353. — Les Jeux olympiques (3e vol.).
354. — Le Petit Horloger.
355. — Sur les bords du Saint Laurent.
356. — Les Vacances sur la Plage

Paris. — Imprimerie Larousse (S.)

Un bel Ouvrage
composé spécialement pour vous
L'ENCYCLOPÉDIE
de la JEUNESSE
L'Encyclopédie de la Jeunesse est l'unique ouvrage de ce genre où l'on ait voulu répondre aux besoins les plus divers de votre âge. Vous y trouverez :
Ce qui instruit
un exposé attrayant et magnifiquement illustré de toutes les connaissances humaines mises à votre portée.
Ce qui distrait
des contes, des récits, des légendes des grands écrivains de France et d'étranger les plus susceptibles de vous intéresser.
Ce qui amuse
un programme inépuisable de jeux sportifs ou d'adresse, d'occupations intéressant les petits garçons et les petites filles.
Six beaux volumes de 720 pages chacun, illustrés de 900 gravures et de superbes hors-texte. Chaque volume, formant un tout complet, relié toile amateur. . . . . 30 francs
Les six volumes pris ensemble. . . . . 170 francs
(Payable en 12 mensualités).
En vente chez tous les libraires
et LIBRAIRIE LAROUSSE, 13-17, rue Montparnasse, Paris (6e)
(Ajouter 10 % pour envoi franco - France)

www.ingramcontent.com/pod-product-compliance
Ingram Content Group UK Ltd.
Pitfield, Milton Keynes, MK11 3LW, UK
UKHW020219180726
13838UKWH00005B/2088